samara belchior

nasceu em Suzano em 1987 e mora na Zona Leste de São Paulo, onde leciona na rede municipal. Cursou licenciatura em história pelo ProUni e licenciatura e bacharelado em filosofia na Universidade Federal de São Paulo. Foi aluna do CLIPE Poesia (2021) e do Poesia Expandida (2022) na Casa das Rosas. Tem poemas publicados em revistas virtuais. Se interessa por bruxaria, anatomia e coisas invisíveis.

BRUXISMO
E OUTRAS AUTOMUTILAÇÕES

samara belchior

editora Urutau
primeira edição
2022

O —

editora Urutau

rua do cajú, 478,
jardim das cerejeiras
06724-015
cotia-sp (brasil)

rua manuel pacheco nobre, 128 - 5º esquerdo
2830-080
barreiro (setúbal)
portugal

[+351] 928053619 [portugal]
[+55] 11 9 4859 2 426 [brasil]

www.editoraurutau.com.br
contato@editoraurutau.com.br

[EDITORES]
tiago fabris rendelli & wladimir vaz
[COORDENAÇÃO DE REVISÃO]
debora ribeiro rendelli
[REVISÃO]
marcella sarubi
[DIAGRAMAÇÃO]
victor h. azevedo

dados internacionais de catalogação na publicação (CIP) de acordo com ISBD

belchior, samara
lB427b bruxismo e outras automutilações / samara belchior. - cotia : urutau, 2022.
52 p. ; 14cm x 19,5cm.

ISBN: 978-65-5900-357-0

1. literatura brasileira. 2. poesia. I. título.

CDD 869.1
2022-3063 CDU 821.134.3(81)-1

elaborado por vagner rodolfo da silva - CRB-8/9410

sumário

[prefácio]
Com qual frequência você se lembra de que seu corpo é feito de carne?

Lendo o curioso "O imaginário macabro" de Juliana Schmitt — no qual a autora se debruça sobre a concepção de morte durante a Idade Média —, me deparei com uma imagem ao mesmo tempo repugnante e instigante: a efígie tumular de François de La Sarra, datada de 1380-1400, que representava em mármore uma figura humana em estado de putrefação. Animais como sapos, serpentes e besouros, comumente encarados com ojeriza, se acumulavam sobre o corpo morto — cobrindo o rosto, os braços cruzados, a genitália. Tal espécie de efígie, também chamada de *transi* (do latim, *trans* e *ire*, respectivamente "através" e "ir", ou seja, uma referência à passagem vida-morte) era comum durante os séculos finais da Idade Média, uma época assolada por guerras e pestes que dizimaram grande parte da população europeia. Juliana Schmitt defende que esta maior proximidade com a morte gerou, em contrapartida, uma concepção mais crua e natural acerca do desencarne entre os medievos. Além das efígies tumulares como a mencionada acima, houve também no período uma disseminação de elementos alegóricos como as *danses macabres*.

É justamente com esta "curiosidade mórbida" de ser convidada a integrar uma dança macabra que aprecio e absorvo *bruxismo e outras automutilações* de Samara Belchior, esta poeta que já se prova tão potente em seu livro de estreia. É um tipo de literatura que, na contramão do que é esperado socialmente de uma mulher, se propõe a discutir os aspectos mais terrenos do corpo: as vísceras, as doenças, as secreções. E, por meio desse estudo, investigar também esses aspectos no próprio fazer literário.

Somos acostumados a empurrar a sujeira para debaixo do tapete — a limpá-la assim que toma forma perante nossos olhos. Samara, no entanto, prefere dissecá-la: com o olhar afiado de uma cientista, usa o poema como uma placa de Petri a ser perscrutada com o auxílio de um microscópio. Ela posiciona sua lupa e nos convida a olhar sem desviar.

Essas concepções se refletem na forma dos poemas. São textos em sua maioria curtos: em alguns, os versos são igualmente reduzidos; em outros, ocupam toda a extensão da linha e se organizam como um texto em prosa, mas ainda assim mantendo a estrutura de um poema. Samara não esconde os detritos: o primeiro poema, "dissecação", já anuncia a natureza *gore* da obra e traz na composição palavras despedaçadas. Porém, assim como em uma dissecação, cada parte solitária integra um todo. Cada letra-destroço é parte essencial de uma palavra.

Aliás, a proposta de investigar o lado horroroso desta máquina orgânica cheia de veias e circuitos me remete à literatura gótica do século XIX; em especial à obra considerada fundadora da ficção científica, *Frankenstein ou o Prometeu moderno*. Assim como Mary Shelley descreve a monstruosidade da criação e o assombro do criador, o corpo em *bruxismo e outras automutilações* é a própria criatura. E cabe a ela trazer intrinsecamente em si o paradoxo do corpo tanto como hospedeiro de algo tão etéreo como a alma, quanto como um sistema físico composto por células, tecidos e órgãos.

É justamente este sistema físico interpolado por uma alma que marca sua presença durante toda a obra. E, ao marcar tão vividamente a materialidade, a autora evidencia também a ausência. Os espaços vazios e intervalos têm função importante tanto ao demarcar o ritmo da poesia quanto ao martelar a iminência da morte. Em "amonite", por exemplo, o eu-lírico mais uma vez se investiga, desta vez em comparação ao grupo de moluscos há muito extinto. Ao resgatar esta criatura de tempos imemoriais, Samara parece dizer: "um dia tudo o que restará de mim serão conchas fossilizadas na praia". Esta consciência acerca da morte de si permeia toda a obra.

A poesia de Samara Belchior é um constante *memento mori*. A partir do reconhecimento das vísceras que nos faz corpo, a autora nos traz uma reflexão sobre a nossa própria existência. Podemos enxergar a força que une todas as nossas moléculas; o escudo que este corpo cria para nós, ao mesmo tempo que também nos encerra em uma prisão — assim como ocorre com Esther Greenwood, personagem principal do romance *A redoma de vidro* de Sylvia Plath, e que é referenciada aqui no poema "moça paulistana". Se, em Nova York, Esther não aguentou o choque por ter sido lentamente cozinhada pelo ar viciado da redoma, a paulistana Samara estilhaça o vidro.

Porém, o corpo também é frágil. Morrer é fácil. Quantas doenças acometem esta prisão de carne diariamente? Doenças causadas por agentes externos, mas também pelo próprio sistema como uma espécie de autossabotagem? O título desta obra, a meu ver, é uma referência a esse fenômeno. Isto fica claro, por exemplo, no poema "sinus": aqui a autora discorre sobre o incômodo da sinusite, uma doença tão comum e sazonal, como se tentasse escorrer a secreção que insiste em se agarrar ao seu crânio. Nosso corpo se automutila todos os dias quando mata células e gera outras tantas. Com qual frequência você se lembra que seu corpo é feito de carne?

E se nosso corpo é feito de carne, então ele pode apodrecer. "Lembra-te que és mortal."

E lembra-te que as automutilações não são só físicas — elas também tão perpetuadas pela mente. É neste contexto que entendemos a primeira palavra a compor o título desta obra: bruxismo — como não ranger os dentes antes de dormir perante tal finitude?

*

Samara e eu nos conhecemos no Curso Livre de Preparação de Escritores — Poesia da Casa das Rosas, em 2021. Nossa conexão foi espontânea e cresceu cada vez mais durante os percursos poéticos propostos pelas oficinas. Fomos de discutir versos e leituras para relações mais pessoais. A poesia é de fato essa fina camada de vida sobreposta de morte. Falar de uma não é falar de ambas?

Da poesia para a vida: uma relação de amizade. Samara é hoje uma grande amiga. E como tal, sinto-me lisonjeada por escrever o prefácio de uma obra tão potente de estreia quanto *bruxismo e outras automutilações*. Obra esta que acompanhei desde os estágios iniciais até as contrações do parto.

Tóia Azevedo

poeta e artista visual

MATÉRIA MACIA FEITA DE PELE DEITADA

dissecação

conhecer um corpo por dent
ro t
er um corp
o a ser conhecid
o por dentro separar as part
es para encon
trar a fisiolog
ia exig
e a mort
e e a mort
e não é bon
ita bonito é o c
orpo desmontad
o!

hedonista

experimento sangue do joelho ralado desde oitenta e sete
experimento do suor da face durante o futebol
experimento fumaça depois do jantar

experimento ser santa na boca
ficar só o jejum
experimento deixar
a cavidade vazia
experimento em vão,
não vai ficar

sonâmbula

de quanto tempo dispõe o sono refazer as coisas? tal como as
[pálpebras que deveriam fechar sob
o peso dos cílios (mas engolem da areia do deserto — essa
[ombreira —),
flutua a questão incerta de onde pousar
as pálpebras não fecham sozinhas e a pergunta aumenta pra
[dentro do dentro do dentro
na raiz de todos os dentes

um cerne. as pupilas se devoram por tanto fixar aí mesmo onde
[nascem e morrem de novo:
no durar do movimento não se dorme não se pausa não há descanso

metapsíquica

em cima da cabeça
dois metros acima da cabeça
uma máquina de registrar delírios, invisível

quando se deita, olhos entre sono e vigília programam-se a fechar
[em escuridão

não se dorme nem se entra a desenrolar sonhos tendo uma máquina
[no topo
ela prepara a noite funda para o oco descanso, então
jorra figuras mancas, envergadas, mais kafkianas do que kafka

terror diurno

sonho monstros que nunca morrem
atravessados em sótãos e sangue
deslizo um réquiem
um holograma
o silêncio de deus

sinus

por trás da caveira
dança furioso um fluido
ouço o sono

a quais solos, a que custo a dor meço?
troco
estampas de amarelo por ataduras nos ocos
os círculos secam.

amonite

olhar os dentes
no espelho perceber as
coisas envelhecendo dentro
são ossos comidos na maresia
tempo e maresia comendo o corpo
alimento às bolhas
então as rótulas desgastadas na idade das mulheres de balzac
sentem ondas soprarem ossos ao encontro do areal
justa e precisa a maresia engole, lento e preciso o movimento ao
[termo.

nublado em dia de vozes

I.
ficar no mar o dia até
que de madrugada
a cama seja onda
a onda seja criança
a criança peixe
peixe planta marinha
planta pedra
sal

II.
na orla enquanto as ondas
quebram e
sulcam os pés no areal-água
pensamentos profundam
tanto e
para tanto
sob a pele em grânulos,
que pode ser castelo,
e é fortaleza ruindo de dentro

III.
dói, pássaro
menos eu não voar
você não pousar
sobre o meu cabelo;
dói não
enfiar as garras
furar o crânio
parar a divagação
entrar ao cérebro a unha de caçar minhocas
castrar-me

IV.
chame seus chegados,
dói menos
levarem em passaredo um nu
ao meio
que pinga

paliativo

freud gosta de seguir meu calcanhar
injeta pro maxilar, diz
bem de perto do meu ouvido (do
lado que lateja)
às vezes nos abraçamos, nossos
queixos tremelicam nos ombros um do outro

quantos mililitros?

moça paulistana

mancha no ar que
densifica ataque

defender o caroço da drupa
envolve esconder abrupta

a face face ao extorque
nesta cidade torpe não se dorme

importa ainda ser arguta
se o corpo é agulha?

esther greenwood em nova york
não deu conta do choque

desértico

I.
no frio
o útero encolhe
aconchega-se
ao intestino.
o sangue
pede um banho que ferva
a separar as partes
ter espaço
correr feito um
gato solto.
o sol ausenta,
é culpado da roxidão
esconde-se tentando hibernar
cansado de aquecer
veias vísceras ingratidão

II.
canopos reúnem
miúdos embalsamados
para o deus sol repousar

III.
o deserto congela
na noite dos úteros súditos

IV.
que se faz,
se ressecado,
com um útero?

autotrópode

as ecdises acontecem em silêncio
bicho com cobertura ao carboidrato não chora
choro desidrata

(já se dizia, ser de açúcar faz precisar
de capa)

de muda em muda se descobre conflito no próprio leito
doendo no sono
esconde o que não sabe articular

savasana

duas semanas que não morro
músculos gemem
germe trigo molho de tomate
acúmulos

duas semanas tomo
chá de vento
no frio balbucio
algo ainda quente

euforia

— saliva —
língua
cutuca os dentes
de trás
lá
no fundo
um siso
uma carninha
cobre o juízo!

divisível

os bares reconhecem minha perdição, chamam sussurrando um
[abraço.
é um pouco tarde, quase de manhã, mal sinto meu perfume, mal
[tenho narinas.
os dias úteis rastejam um daqueles calendários de parede, circulado
[pelos dedos da maturidade
coisa que deu errado nos meus genes.
o que resta andeja o lado oposto da calçada do bar:
corto-me ao meio.

AMPLIAR OS CORTES PARA SABER DE QUE TECIDO É FEITO O EU

areia movediça

se ser
ser estranho é
se ser
atirar pedras
aturar pedras
todo estranho é de vidro

campos de betume

esbugalha mais teus olhos o branco
do tempo explode ponteiros, entorta as vias

te conto: caminhamos munidos de algo
há gás, mas não eram bombas

neste estado de vazio ao redor do músculo de teus olhos
seria possível desenhar a desordem:

um embaçado
minha mão sem minhas armas

com que coragem teus brancos observaram
tão frágeis quinas dos meus punhos?

sudário

sob lençóis em pedra o homem acorda
levanta-se
três dias depois do fim
não conta a ninguém dos incômodos
mortuários
dos bichos necrófagos do assoalho

pélvico

ó
r
b
i
t
a

fora da

trepanação

o teu enfiado
duro enfiada nos teus olhos
                                        cavernas

sal e língua
                mais firme que nuvem
                mais mole que pau

bocas hemisfério
      nos pingam
         oceanos

trepar cansa, viver cansa
            para os melhores momentos
tenho memória

miasma

estamos contaminados
arsênico aerossóis chumbo
fenômenos inesperados
mas sob um céu cor-de-rosa
não há desconfiança e
há dos mais remotos eventos naturais
no verso vulcões sob a película

há uma casa

aqui é uma janela virada pra rua
aqui
        apoiada na borda
as pálpebras
caem acolchoando a face

enquanto lá fora *sobre um jornal lido dorme um corpo*
                                                                        desigual   *igual*
o pedaço de dor encontra o
aqui
aqui é uma janela virada pra rua
aqui
        se pendura nas grades
pensando na roupa de trabalhar ao acordar
como
        cada barro de pele num jarro de flor
        cada barro de pele num jarro de dor

* Contém trechos de "Uma canção para você", de As Baías

caroço

I.
lamber anuncia o músculo
em relevo no fundo do pescoço
o caroço da ameixa
                    vira na língua
                    vai no céu da boca
                    atraca entre
                          dentes

II.
ninguém vende caroço puro dizendo *chupa o caroço!*

III.
comprar mais ameixas e em despropósito
chupar caroços!
ser a revolução das
                    mandíbulas
                  gerindo
                    movimento

ESTRUTURAS POROSAS

fenda

uma agulha sem ponta e um pedaço-seda

(o rasgo jorra a sutura quer estancar bugigangas gostos
[ferro velho cerveja ferrugem)

vêm às pontas em dedos pequenos enfiados no couro
seguram a artéria
íris inteira
pulsa pulsa

uma agulha sem ponta e um pedaço-seda cortam a correnteza.
há ainda lufar coisas grandes e pequenas
e o pedaço de seda

colagem

I.

a tesoura laranja poderia ser
azul-bebê
cobre
rosa-menina
cortaria os mesmos lados
— depende do fio das lâminas
da biologia envolvida
se pelo pele
o peso largura
a verve vertebração

II.

os gatos não deixam cortar
as pontas das garras
nem quando dormem
— fingem, espreguiçam
e   esfolam

III.
todo recorte de lâmina
é reciclável

desbridamento

insira uma nota — a vida é assimétrica —
isso quando
examina
        em algum lugar dentro há uma ferida,
        as bordinhas   as bactérias, não se vê

há um microscópio longe do alcance
mas nota, a macroscopia abunda um tecido vivo
        uma lampreia do tâmisa forçando a abertura de algum poro
        possível escoamento
        ou especular as mãos no espelho

sendas

uma fotografia,
um pedacinho de poeira, a beira
de um olho semiaberto, talha de unhas bem aparadas,
pelo de bicho, o cheiro
do suor da minha mãe
me comportaram por um ensejo
que foi a minha vida inteira:

éden

desta
horta de pensar
sobre o pior, preparar-se
mirar-se morta no campo de câncer, regar
com sangue as mãos das filhas — uma pátria —
desta horta não se quer debutar qualquer
coisa antecipada. é mentira contada pra ansiedade:
ter-se agora por acabada antes que chegue
antes que a   morte   chegue
pelo
prazer de
controlá-la
feito
semente
sob o
pé e
vê-la
crescendo
galhos frágeis
entre
artelhos,
até ser
árvore

dia 1 do ciclo

encolhida nas próprias pernas
os joelhos lambem os lábios
um presságio de ablação espirra

na porta
em vigília
uma sombra para abraçar

bordas

fora da placenta flerto com concretos,
não sei distinguir as águas e seus estados físicos
tamanhas as durezas
dentro da placenta os riscos de afogamento,
morrer no molho de nascer

fora da placenta   dentro da placenta

uma gangorra   um pêndulo

boio no cozido arqueando minhas patas
tão humanas
na reestreia

[agradecimentos]

à minha mãe, Jeane Belchior, que me alfabetizou, me dizia para adivinhar formas nas nuvens e lembrava da melancolia a cada pôr do sol.

Caio Gabriel, pela leitura beta dos poemas, pela primeira revisão e incríveis sugestões. Tóia Azevedo, pelo prefácio cuidadoso. Laura Redfern, pelas orelhas precisas. Carina Carvalho, por me incentivar a escrever. a amizade de vocês é preciosa. à todas e todos que me acompanharam, me lendo, me ouvindo, me influenciando e dividindo poesia comigo. às professoras e professores incríveis da casa das rosas.

■ primeira edição
■ outubro de 2022